비둘기 모네

황금알 시인선 74

비둘기 모네

초판인쇄일 | 2013년 8월 19일
초판발행일 | 2013년 8월 31일

지은이 | 이원식
펴낸곳 | 도서출판 황금알
펴낸이 | 金永馥
선정위원 | 마종기 · 유안진 · 이수익 · 문인수
주 간 | 김영탁
편집실장 | 조경숙
표지디자인 | 칼라박스
주 소 | 110-510 서울시 종로구 동숭동 201-14 청기와빌라2차 104호
물류센타(직송 · 반품) | 100-272 서울시 중구 필동2가 124-6 1F
전 화 | 02)2275-9171
팩 스 | 02)2275-9172
이메일 | tibet21@hanmail.net
홈페이지 | http://goldegg21.com
출판등록 | 2003년 03월 26일(제300-2003-230호)

ⓒ2013 이원식 & Gold Egg Publishing Company Printed in Korea

값 8,000원

ISBN 978-89-97318-51-3-03810

비둘기 모네

이원식 시집

황금알

| 시인의 말 |

비둘기가 머물던 나뭇가지 아래로
벚꽃 잎이 떨어진다.
시詩로는 다 표현할 수 없는
하얀 눈물.

나직이 불러보는 이름.
모네Monet.
이 부끄러운 네 번째 시집.

2013년 여름
이원식

차 례

1부

2부

1부

귀뚤귀뚤

오늘도 참 많이 울었다

풀에게
미안하다

이 계절
다 가기 전에
벗어둘
내 그림자

한 모금 이슬이 차다

문득 씹히는
내생來生의 별

낮은음자리

초침秒針이 멈추었다
정적靜寂은
오지 않았다

낡은 욕조바닥으로
또옥 또옥
물방울소리

올 깊은 금선琴線이었다

아주 맑은
경전經典이었다

점등點燈
— 성륜스님의 연꽃

어디를 내딛어도
노도櫓棹 잃은 기려羈旅 한 척

선혈鮮血을 감춘 연잎
다붓이 내미는 빈손

빈 하루
걸어보았다

붉은 연꽃
한 송이

하면목何面目

노옥老屋을 벗으려는가
돌아보는 길고양이

이승에 남긴 상처
수월관음水月觀音의 꽃그림자

불현듯 마주친 두 눈

당신은
누구십니까

일귀一歸

그림자 속
제 모습은
고양이가
아니었다

한 걸음 또 한 걸음
작은 원願을
맴돕니다

부러진 발톱 자리에
피어나는
오온五蘊*의 꽃

* 오온五蘊: 불교에서, 사람의 몸과 마음을 형성하는 다섯 가지 요소를
  이르는 말. 즉 색온色蘊, 수온受蘊, 상온想蘊, 행온行蘊, 식온識蘊.

쉼표를 위한 내밀內密

새들도 때가 되면
소원을 이루는지

보이지 않던 별 하나
반짝이기 시작했다

우듬지
빈 껍질 둥지
별을 향해 흔들렸다

시월 해독解讀

숲길 이은 은행알들
요원한 점자點字였다

때로는 망설인 듯
눈물로 쓴 묵음默音 몇 알

어느 생生
어느 정인情人의
시울 붉은
12연가戀歌

당신의 손수건

하염없는 벚꽃잎
월인月印을 삭인 눈물

뒷모습 차마 위연威然한
청소부 비질소리

조붓한 생生의 골목길
지워가는 눈물자국

심여화心如花

차라리
가져가라
바람결에
몸 실어도

눈 뜨면
다시 그 자리
흐드러진
개망초꽃

어스름
생生의 편린片鱗들
단애斷崖 곁을
맴돕니다

아름다운 탁류濁流

아아雅雅롭게 흘러가는
강물 위의 꽃잎들

지순至純한 생生의 어귀
돌아보면 물소리뿐

어제는
꽃잎이었다
오늘은
눈물이었다

한 뼘 속의 생生

지는 해를 밟으며
먹이를 끄는 개미

온몸을 버둥거리며
끌려가는 하루살이

지명知命의 벤치에 앉아
두 마리의 나를 본다

잠자리가 본 농담濃淡

이 가을 하늘빛은
백목白木 위의 쪽빛 눈물

바람 이운 하늘 밖은
어느 계절의 채화彩畵일까

한없이
우화羽化를 꾸는
지난한 생生의
귀거래사歸去來辭

견화 見花

백팔 배 하다가 문득
떨어지는 업業 방울들

방석 위 홀씨 되어
꽃 꽃 꽃 피어난다

한순간 무애无涯한 꽃밭
나는 잠시
빈 화분

납의納衣를 깁다

암자 밖 투둑투둑
장맛비 거니는 소리

시든 꽃잎 감추고는
눈물 삼키는 능소화

긴 호흡 식은 차 한 잔
소매 끝엔
꽃그림자

한겨울 날의 백서白書

무심히 버린 휴지
뒷바람 쓸고 간다

가슴에 빈 그림자
비인마묵 묵마인非人磨墨 墨磨人*

일월日月 밖 물확의 품에
맴도는
생生의 앙금

* "사람이 먹을 가는 게 아니라 먹이 사람을 간다"는 소동파蘇東坡의 글.

고요한 일각一角

늙고 지친 잉어들
무리지어 지나갑니다

앞서 가던 물오리들
슬며시 길 비켜줍니다

모두가 지나간 자리
수초水草들
묵례黙禮합니다

2부

비둘기 모네

건널목을 오가며
무지개를 쪼는 아침

잘린 발 절뚝이며
이어가는
생生의 퍼즐

당신께 선사합니다
눈물 사룬
외발 꽃무늬

인연因緣

연분홍 눈물 사이로
비둘기 날아간다

꽃잎 다 지고나면
인등引燈 하나 남을까

무심히 뒤돌아보면
하염없다

벚꽃길

비둘기와 재즈를

흰 구름 두어 스푼
차 한 잔과 콜트레인*

테라스엔 열두 스텝
빨간 맨발의 블루스

한순간 즉흥卽興이었다
돌아보면
모진 생生도

* 콜트레인(Coltrane, John William: 1926-1967): 미국의 재즈 색소폰
연주가.

모네Monet의 정원

새벽 4시 그리고 5분
엑셀소Excelso 커피 한 잔

수련睡蓮 핀 찻잔 속에
둥지를 트는 비둘기

한 모금,
재회再會의 순간
둥그마니

금어金魚*
아我!

* 금어金魚: 불교에서, 불상佛像을 그리는 사람을 이르는 말.

절집 비둘기

벌레인 줄 알았는데
풍경소릴 쪼고 있네

석탑 따라 맴도는
선객善客들 틈바구니

따뜻한
한 줌의 바람
작고 야문
무문관無門關

조촐한 협객俠客

구구구
주린 눈빛
모이 쪼는
비둘기

스케르초Scherzo!
스케르찬도Scherzando!
누군가의
시선 뒤로

구걸한
김밥 몇 조각
떼어주고
가는 걸인

비둘기가 잠든 밤
— K를 생각하며

바람만이 꽃나무를
흔드는 것 아니다

곱게 핀 목련에게
사랑한다 고백해보라

말하는 나도 목련도
흔들리지 않는가

빗살무늬 귀로歸路

비둘기도 물오리도
깨지 않은 이른 새벽

중랑천 산책로에
누렁이 느린 걸음

무겁다
무겁지 않다

발자국에
고이는 이슬

촉촉한 한 끼

채송화 꽃밭 길에
소나기 쏟아진다

갓 파종播種한 꽃씨 몇 알
쪼아 먹는 비둘기

저만치 벤치 위 사내
우유 하나
빵 하나

감로(甘露)의 맛

가뭄에 한만한 공원
수돗가에 비친 눈물

단내나는 숨소리로
내려앉는 흰 비둘기

한 모금
하늘을 보며

아!
달다

파안破顏

사거리 건널목엔
비둘기만 기웃기웃

뻥아저씨 벌떡 일어나
훠어이 튀밥 한 주먹

은행알
황금빛 주렴珠簾
도란도란
은행잎

하반河畔의 트릴*

꽁꽁 언 천변川邊 한낮
양지 녘의 백묘白描들

물오리와 까치와
입술 푸른 비둘기

하늘가 꽃샘 한 모금
아껴둔 눈물 한 모금

* 트릴Trill: 악곡 연주에서, 지정한 음과 그 2도 위의 음을 떨듯이 빠르게
반복하여 연주하는 기법이나 그 연주 음.

언제나 동행同行

난분분 흰 꽃잎을
제 몸 가득 뿌려두고

일주문一柱門 밖 긴긴 손짓
비둘기의 영혼들

엄동嚴冬 속
간곡한 진혼鎭魂

백아절현伯牙絶絃
찹쌀 떠ㅡ억!

초승달 지관止觀

소나무 숲 사이로
달빛 한 줌 내리고 있다

낯선 품
낯선 암향暗香
밤 비둘기 울음소리

눈 밝고
귀 밝은 들꽃
두 손 곱게
모으고 있다

겨울 국화

양로원 처마 끝에
고드름 낙루落淚소리

모이 주던 할머니는
겨우내 보이지 않고

앞마당 주린 비둘기
젖은 발로
구구구

뷰파인더 속의 시교_{示敎}

떨어지는 나뭇잎
살짝 스미는 한기_{寒氣}

저만치 막차 불빛
렌즈에 비친 눈물 자국

셔터를 눌러야 한다
버스를 타야 한다

*뷰파인더view finder: 카메라에서, 눈을 대고 보는 부분.

3부

길상사 채화彩畵

와당瓦當의
수繡를 따라
숨 고르는
외줄 경經 소리

담벼락
귀 밝은 현애懸崖
노란 꽃잎
틔우고 있다

돌확 속
비친 하늘에
새 한 마리
새 두 마리

백련차 미궁迷宮

다관茶罐 속 묵연한 도량
연蓮 한 송이
피어납니다

귀잠에서
깨어난
산문 밖
새 한 마리

절곡折曲한
어느 생生의 꿈
연초록
비구니 눈물

기와불사

장삼長衫빛 기와마다
한 줌 생生의 이름들

하얗게 쓴 심원心願들이
업業 하나씩 이고 집니다

새들도 빌고 갔는지
놓인 깃털
따뜻합니다

서녘으로 여미는 노래

분명히 들었는데
햇살 한 줌 곱이진 길뿐

수그린 고개 아래
가물거리는 궤적軌跡

발밑에
개미 한 마리
인드라풍

두타
두타

* 두타頭陀, dhuta란 번뇌의 티끌을 떨어 없애고, 탐심貪心 없이 청정하게
불도佛道를 수행하는 것을 말한다.

연등회 만다라

늙은 행상인 손엔
팔지 못한 때수건 몇 개

싸늘한 눈길 뒤로
비단 등燈을 다는 사람들

인등引燈 밖 그늘 깊은 곳
화신불化身佛*의
뒷모습

* 화신불化身佛: 불교에서, 부처의 삼신三身의 하나로 중생을 교화하기 위해
  여러 가지 형상으로 변화하는 불신佛身.

담쟁이덩굴

붉게 물든 모천母天으로
길을 여는 손짓들

스물 몇 해 간직한
천수관음의 결인結印*이다

두고 온
절반의 내아內我
두고 갈
바람 한 점

* 결인結印: 부처의 깨달음이나 서원誓願을 상징적으로 나타내기 위하여
  양손의 손가락으로 여러 모양을 만드는 일. 또는 여러 모양의 표상.
  결수結手.

감나무에게

아직 어린 감꽃이
폭우에 떨어졌다

꽃 집어 귀에 대니
카르마業의 숨소리

무애无涯한
팔만 육천사백 초

번뇌 리셋*
번뇌 리셋

* 번뇌 리셋: 동경대 출신 승려 코이케 류노스케(小池龍之介: 1978~)가 쓴
책이름이자, '때 묻은 번뇌를 리셋Reset'하라는 생활수행 방법.

실유實有

새들이 날아간 하늘
사라지는 꽃날갯짓

그래서 더 아름다운
새,
새들의 무위無違

한 모금 삼키는 눈물

일주문一柱門
넘는 순간!

세우細雨

문 열자 날아든 매미
불현듯 야단법석野壇法席

부처님 귀 부여잡고
맴맴맴 맴맴맴맴

할喝이라 두 손 모을까
창랑滄浪*이라 눈 감을까

* 창랑: 창랑자취滄浪自取. 중국 옛 고사에서, 사람들이 갓끈을 씻느냐 발을
씻느냐는 물이 맑고 흐림에 달렸다는 뜻으로, 칭찬이나 비난 등 세상의
갖가지 평판은 모두 제 탓임을 이르는 말.

선수를 치다

잠 깨어 새벽 독경
오욕五慾*의 맘 비워질까

눈 감고 손 모아도
속세俗世 한 짐
제자리걸음

아뿔싸!
귀 밝은 거미
섭생攝生의 줄
버리셨네

* 오욕五慾: 불교에서, 사람이 가지는 다섯 가지 욕심을 이르는 말. 곧
재욕財慾, 색욕色慾, 식욕食慾, 명예욕名譽慾, 수면욕睡眠慾.

수묵 낮달
— 학림사*에서

새들이 일러주는
약수터 물 한 모금

유난히 맑게 보이는
바가지 속
하늘, 사경寫經

지난밤
약수에 빠진
별 몇 조각
삼킨 걸까

* 학림사鶴林寺: 신라 문무왕 11년(671) 원효대사가 창건한 사찰. 서울시
  노원구 상계동 소재.

소각장 정적静寂

겨울을 넘기지 못할
나무들 잘려있다

다비茶毘 불꽃 한 송이
피었다 지는 세념世念

매운 눈
연신 비비는
늙은 인부의
담배 한 모금

새장을 열다

놀이터 아이들에게
쌈지 사탕 쥐여주곤

아이들 얼굴보다
더 환해지는 할머니

무심히 펼쳐본 내 손
날아가는
피안彼岸의 새

어느 할머니 한 폭

감빛 노을 한 자락
꽃밭 가득
버혀두고……

바람이 불 때마다
가지 위에
피는 흰 꽃

아련한 가람伽藍이었다
청람靑嵐 속의
탑塔이었다

회심回心

칠야漆夜 쏟는 폭우에
울부짖는 풀벌레들

빗줄기 세운 날刀에
가슴을 에고 있다

천 갈래 누생累生의 죄업罪業

이제서야
이제서야

길상사吉祥寺에서 만난 꽃

적묵당寂默堂 지나는 길
한 송이 작은 돌탑

와편瓦片이 들려주는
바람소리를 듣고 있다

버리고 떠난 스님의
울림 하나
피우고 있다

* 법정 스님의 말씀 중 "빈 마음, 그것을 무심이라고 한다. 빈 마음이 곧
  우리들의 본 마음이다. 무엇인가 채워져 있으면 본 마음이 아니다. 텅
  비우고 있어야 거기 울림이 있다. 울림이 있어야 삶이 신선하고 활기
  있는 것이다."에서 '울림'을 차용借用하였다.

4부

아름다운 전이轉移

사라진 전설들이
눈꽃으로 내려앉는다

새들 이미 날아가고
나무들도 게偈를 멈춘 밤

돈오頓悟를 맞으려는가
길고양이
아늑한 답보踏步

미온微溫의 발자국

붉은 노을 입에 물고
역류逆流하는
물고기들

바람의 손길 따라
길을 트는
늙은 왜가리

못 본 척
물위에 비친
흰 구름만 쪼며 가네

꽃말을 생각함

윤유월,
새벽 천변川邊
는개 가득합니다

과년瓜年한 원추리꽃
붉게 맺히는 눈물방울

지난밤
꿈속에 비친
왜가리의
흰 날갯짓

두 번째 우화羽化

장맛비 모진 날은
옛 생각이 돋는지

매미들 숨죽이고
빗소리에 젖고 있다

한 줌 생生
손끝에 닿는
묵음黙音 하나 짚고 있다

화관花冠을 쓴 나비

꽃밭에 잠든 영혼을
중랑천에서 보았다

아닐 텐데 하면서도
문득 핑 도는 눈물

폴폴폴
천변川邊 길 따라
손짓하는
호접화胡蝶花

하얀 초본草本

겨울 강 물오리는 기다리지 않는다

금경金鏡* 아래 사람들
겨울 다시 종종걸음

물오리 아깃한 현과現果
사계절이
곱은 입김

* 금경金鏡: 금으로 만든 거울이라는 뜻으로 '달'을 비유하여 이르는 말.

귀안歸雁을 위하여

늘 걷던 길인데도
문득 낯설 때가 있다

벌개미취 여린 꽃잎
노을빛에 에이는 길

백지白紙의 계절이 오기 전
놓아둘
이정표 하나

물오리 파착把捉

온몸을 적신 채로
세상을 향해 일갈一喝!

부리 들어 하늘 물고
두 발 세워 깃을 턴다

여울목 물비늘 따라
작열하는
통점痛點들

레퀴엠requiem

날개에 비친 무지개
새가 된 줄 알았는데

돌아갈 둥지 없음에
붉은 피를 토하는 매미

벗어둔 허물은 아직
기다리고 있을까

추호秋毫

하늬바람 솔기 따라
갓 여문 귀뚜리소리

선풍기 날개 뒤에
말라붙은 거미 한 마리

한 세상 바람이었다

선풍禪風으로
비워버린

열대야熱帶夜

안과 밖 어디에도
깨어있는 중생衆生들

빈 천장 만행萬行의 길
풍뎅이의 만다라曼陀羅

창문 밖 달빛을 밟는
길고양이 원만행圓滿行

낙화 落花

바람 한 점
남겨두고
새 한 마리
날아갔다

눈 감으면
슬몃 뜨는
가지 끝에
걸린 등불

하늘은
맑기만 한데
버린 눈물
한 방울

그들만의 콘서트

그 숲길 지날 때마다
들려오는 오라토리오oratorio

겨울이 되어서야
숲 속 야윈 노목老木 한 그루

새들은 늘 가득했다
지저귀고 있었다

하얀 텔레파시
— K를 생각하며

내게로 다가오다
유리창에 부딪는 눈雪

사랑하는 사람이
슬퍼하는가 보다

창문을, 창문을 연다
수만 송이
환한 미소

내일 맑음

지난至難한 한숨들이
구름으로 피어있다

낯선 발자국소리
차곡차곡 아늑한 시詩

삭풍朔風은 마지막 여망餘望
영影을 딛는
빈 담뱃갑

사문沙門의 노래

늙은 소나무 우듬지에
까치집 걸려 있다

꽃 피면 피는 대로
바람 불면 부는 대로

노객老客의
허전한 뒤안길
목도리 하나
두르고 있다

5_부

집으로

뉘엿뉘엿 해거름
그늘진 샛길 따라

재활용 나무 식탁
세 식구 옮겨갑니다

시장한
그림자 셋이
앞서거니
뒤서거니

연지_{臙脂} 찍는 봄

중랑천 산책로에
진달래꽃 피었습니다

팔순의 옥빛 할머니
헤작,
스치는 홍안_{紅顔}

열일곱 댕기 끝에도
진달래꽃 피었습니다

호접몽_{胡蝶夢}

전철 속 봇짐 한껏
단잠이 든 할머니

검버섯꽃 에운 손을
연신 까닥거립니다

꿈속에 나비 한 마리
꽃잎 위에 앉으려나

실루엣_{silhouette}

사랑의 말 없어도
꽃들은 피어나고

눈물 마른 바람에도
꽃잎은 지고 만다

저물녘, 꽃밭에 할미
슬몃 웃고
돌아선다

소설小雪

살얼음 물둠벙에
남은 가을이 서너 장

귓결 붉은 계집아이
눈동자 속 하얀 곡비哭婢

올해도 긴 긴 눈물로
긴간緊簡을 쓰려는지

사부곡思父曲
— 소롯한 궤적軌跡

책 몇 쪽 읽어가다
흐려진 눈에 비친

창문 밖 허리 펴고
세상 읽는 늙은 소나무

온종일 돋보기 쓰고
읽으시던
장자 시편莊子 詩篇

늦은 계절의 화답和答

낙루落淚 보다 저 하늘이
얼마나 더 아름다운지

서른 즈음의 둘째 형은
흰 구름을 타고 갔다

엊그제
천변川邊 가득 핀
들꽃들의
하얀 수화手話

숨은 사람 찾기

사진 속
양지 녘에
다섯 살
아이 하나

철부지
두 눈 깊숙이
드리워진
한 사람

빙그레!
사진을 찍어주시던
아버지의
그림자

안압지사뇌 雁鴨池詞腦

바람이 이운 곳에
잔盞 깊고
고요한 도량

화두話頭 물고 나는 새와
구중심처九重深處 벗는 구름

즈믄년 달빛을 품은
고주孤舟 한 척
가람伽藍 한 채

* 사뇌: '사뇌'는 '신라'와 같은 의미를 지닌 말로 양주동 선생은
고가연구古歌研究에서 '향가'를 '사뇌가詞腦歌'로 쓸 것을 표명하였다. 특히
향가의 완성형이라 할 수 있는 10구체 향가를 '사뇌가'로 일컫기도 한다.
'시조' 즉 우리나라 정형시 역시 '사뇌'에 그 뿌리가 있음을 생각하여
안압지를 노래한 단시조의 제목에 '사뇌'를 붙여 그 의미를 부여하여
보았다.

묵천默天
— 김유신金庾信

네 오늘 눈 감아보라
천관사天官寺 풍경소리

내 오직 염念의 요원療原
통일을 위한 단심丹心일 뿐

계림鷄林의 바람이 분다
일렁이는
즈믄의 잔盞

모월某月 창경궁

명정전明政殿 눅진 단청
낮게 배인 군君의 숨소리

운무雲霧 속 봉황鳳凰 두 마리
일월日月*을 수繡 놓고 있다

풀밭 위
한가한 까치
들려주는
여민락與民樂

* 일월日月: 일월곤륜도日月崑崙圖

한눈을 팔다

참새들
날아들어
햇살 쪼는
놀이터

양지 녘
마중 나온
자목련
아미蛾眉보다

이제 막
걸음마를 뗀
모래밭의
아이들

언플러그드 unplugged

화단 한켠 버려진 TV
바람결에 눈을 뜹니다

꽃, 나무, 하늘, 새들
코끝엔 찡한 흙냄새

연둣빛 귀를 엽니다
뛰노는 아이
웃음소리

주차장 계란꽃

이슬마저 누累가 될까
입술 물고 떠난 자리

검은 하혈下血이 남긴
끈적끈적한 위무慰撫

어떻게 피어났을까
저리 맑은
눈망울들

무궁화 적정寂靜

비바람 아문 뒤에
활짝 꽃이 피었다

꽃잎에 맺힌 눈물
아름답다는 사람들

발밑엔
무수한 산화散華

팔만 사천
꽃봉오리

트랙을 돌다

한 바퀴 또 한 바퀴
내딛는 삶의 더께

서설瑞雪인지
서설絮雪인지
이내 한 줌 모래바람

달려야 달려야 한다
다시 피울
점오漸悟의 꽃

해 설

두타頭陀, 그 긴 여정이 그리는
심우도尋牛圖 혹은 의경意境

김 은 령(시인)

0.

이원식의 제4시조집이 될 『비둘기 모네』 원고가 나에게 전달되었다.

이미 세 권의 시조집을 펴낸 바 있고, 자타가 인정하는 문학적 자리(?)까지 도달한 시인이 왜 하필 나 같은 사람에게? 라는 생각과 함께, 그의 삶詩의 궤적이 궁금해졌다.

등단 10년 차의 시인이 4권의 시조집을 묶을 수 있다는 건, 결코 쉬운 일이 아니다. 그 시간 동안 오롯이 시에 매진하였다는 것이며, 그 매진의 동력은 그가 속한 세상사에서 보고 듣고 겪었던 일들에 대해 할 말이 많았다는 것이다. 시인은 그 말들을 다소 비장한 수행적 화법詩으로 토설하였다고 보여진다.

이원식의 첫 시집 『누렁이 마음』에서 문학평론가 유성

호는 "단수의 미학적 정수精髓를 선명하게 보여주면서, 불가적 인식과 생의 이법에 대한 성찰, 그리고 투명하고 섬세한 비승비속非僧非俗의 서정을 일구어 보여준다."라고 하였다. 그의 비승비속의 삶은 이미 첫 시집에서 자리를 한 것이다. 이후 두 번째 시집 『리트머스 고양이』에서는 "모든 미물·미진微塵들이 우주적 차원의 생명이라는 진실을 볼 수 있는 눈 뜬 자覺者, 눈감은 우리들을 만물은 찬란하면서도 슬프고, 위대하면서도 측은할 것이다. 라는 진실에게로 데리고 가는 자先導者"(최재목 시인)라는 평을 얻었다. 여기까지 오면 시인은 불가적 인식과 더불었던 생의 이법을 넘어 우주만물의 동체대비同體大悲를 강설하고 있다는 것을 알 수 있다. 비승비속이었던 삶이 승가귀속僧家歸屬으로 방향을 굳혔다 해야 하나? 그리고 연이어 펴낸 세 번째 시집 『친절한 피카소』는 "시 이전의 시. 시 이전의 생. 그리고 그보다 앞장 머리에 서 있을 만물을 향한 관용과 사랑에 관계하는 지극정성의 '말의 집'일 것이다."(정윤천 시인)라는 찬사를 들었다. 이런 일련의 평들에서 보이는 그의 시세계는 순정적 하화중생下化衆生의 행로이다 할 수 있는데, 앞서 세 권의 시집에서 시인이 관계하였던 대상들은 모두가 몸을 숙이거나, 쪼그려 앉거나, 가만히 귀 기울이거나 해야 상관할 수 있는 벌레, 꽃, 새, 길고양이 등 하찮아 보이는 존재들이다. 대상과의 관계 맺음은 때로 급級의 척도가 되기도 하지만 시인이 우리들의 시선을 천변, 어둠 속, 땅바닥 등으로 이끌어 그곳에서 생生을 영위하는 존재들과의 관계 맺음을 청하는 것은 시인의 관계 맺음이 얼마나 하향적이고, 순정적인가를 말해주고 있다. 그렇다면, 시집에 대한 발문이나 해설을 청하는 시인의 입장에서는 기왕이면 유명세를 타고 있는 사람들을 선호하는 작금의 문단현실(시집의 해설이나 표4글이 유명인의 이름으로 되어있으면, 그 '유명'과 관계 맺음이 공표되는 것이므로—물론 일부 예외도 있겠지만)로 볼 때, 이제 겨우 문단의 말석이나마 기웃거릴 뿐인 나에게 『비둘기 모네』라는 이름을 달고 해설인지, 발문인지를 얻어 달라고 찾아온 원고의 행로도 짐작되는 바, 십여 년 전 '불교문학' 이라는 공통의 관심에서 맺어진 나와의 문우 관계는 유독 가깝지도 않고, 유독 멀지도 않은 무덤덤한 날들이었는데 그 관계 맺음을 급에 두지 않고 순정에 두고 있었구나 생각하니 그리 생경하지도 않다.

1.

이원식의 이번 시조집을 읽기에 앞서 간략하게 살펴본 그의 제3시조집은 『친절한 피카소』로 제목을 달았다. 다른 사람은 몰라도 필자에게 있어 화가 '피카소'를 연상한다는 것은 불편함이다. 그림에 대한 무지일 수도 있겠지만, 피카소가 작품에서 보여주는 조각들을 맞춰 해독해나가는 것은 경이와 아름다움 이전에 혼란이기 때문이다. 그런데 이원식은 그를 '친절한' 존재로서 등장시켰다. 제3시조집에서 전시한 큐비즘Cubism적인 이원식의 불화佛畵는 경자經字 퍼즐 맞추기이다. '어디가 안이고/ 어디가 바깥일까'(「통문」)의 화법에서 '안과 밖의 경계에 대한 의심도 부수라'는 조각을, '흰 새가 묻힌 자리/꽃 한 송이 피었습니다(중략)//흰 새가 꽃이 됩니다/ 그 꽃이 다시 새가 됩니다'(「날아가는 성좌聖座」)의 화법에서 연기緣起, 불이不二, 공空의 조각을 찾아내는 즐거움은 유쾌하고 친절했다. 어둠, 천변 등의 언저리에서 배회하던 것들에게 숭고를 덧입힌 '피카소 화법畵法'이었다.

그런 시인이 이번에는 '모네'를 데리고 왔다. 여백과 허경虛境의 미학을 가진, 문학의 정수精髓라 할 수 있는 단시조만 고집하는 시인이 연이어 서구의 현실주의 인상파 화가들과 혼용하는 '세상 그리기'를 시도하는 것은 그 의미와 더불어 깊이를 가늠하기 어렵다. 이번 시조집에서 비둘기로 화현化現한 모네(시인)는 그가 차용한 빛으로 -일출·수련·여인·정원-등등을 채색하는 대신 -지는 꽃·벌레·새·길고양이·절집-등에 채색을 하고 있다. 진지하게 이원식이 그린 세상을 바라보고자 한다.

이원식의 작품에는 제2시조집 『리트머스 고양이』에서도 알 수 있듯이 유독 길고양이가 많이 등장한다. 이번 제4시조집에서도 그들 길고양이를 위한 헌사가 몇 편 있다. 고양이는 감히 동물주제(?)에 스스로가 품계를 고집하는 족속으로 알려져 있다. 그런 족속들이 거처 없이 떠돌고 있는 현장을 목격한다는 것은 목격당한 고양이

입장에서나 목격한 시인의 입장에서나 서로 머쓱하기
그지없는 상황이리라, 아래의 작품도 그 상황 중의 하나
에 속한다.

　　노옥老屋을 벗으려는가
　　돌아보는 길고양이

　　이승에 남긴 상처
　　수월관음水月觀音의 꽃그림자

　　불현듯 마주친 두 눈

　　당신은
　　누구십니까

―「하면목何面目」 전문

　도도한 품계를 잃고 길거리를 떠돌던 고양이가, 어둠
속에서만 구걸이 가능하던 고양이가, 그럼에도 늙음에
다다를 때까지 목숨이고, 집이었던 몸뚱이를 버릴 수도
없던 고양이가 실은 화신불化身불이었다면, 누가 쉽게 눈
치챌 수 있겠는가. 그보다 죽음에 임한 길고양이와의 마
주침이 일상생활에서 흔치 않은 일 아닌가? 관심을 두지
않으면 보았으되 보이지 않은 풍경이고, 보였으되 보지
못한 풍경이다. 이원식이 보는 풍경들은 대개가 이러한

것들이다. 시인은 그러한 풍경에서 진면목眞面目을 보고 있다. 작품에서 불러낸 수월관음水月觀音은 33관음의 하나로서 청정淸淨을 의미하며, 선재동자에게 보리菩提의 가르침을 일러주는 보살로 알려져 있다. 수월관음의 현시도顯示圖를 보면 수면에 비친 달을 보고 있는 모습이다. 달이 수면에 비치는 경우는 그 수면이 청정하고 고요하여야 한다. 즉, 거친 풍파에도 흔들리지 않는 적정寂靜의 상태여야 한다는 것이다. 또 달리 보면 수면에 비친 달은 수면이 고요를 놓치는 순간 숨결 하나에도 흔들리는 존재이며, 수면에 의해서 일그러지고 흐트러져 본래의 모습을 잃어버리는 덧없음의 존재이기도 하다. 시인은 불현듯(사실은 관심에 의한) 마주친 길고양이의 생사의 찰나에서 그런 수월관음을 보고 있다. 그것은 시인의 글쓰기는 세상의 모든 사물의 소리를 알아듣고 살피는 관음觀音에 닿았다고 하겠다. 그런데, 이 시의 제목이 '하면목何面目'이다. 하면목, 글자 그대로 풀이하면 '볼 낯이 없다'쯤 된다. 이미 관하여, 길고양이 한 마리를 왕생往生시키면서도 참으로 볼 낯이 없다고 고백한다. 급기야는 '당신은/ 누구십니까' 라고 반문한다. 한 편의 시에서 필자가 가진 일천의 불교지식을 다 동원한다는 것 자체가 어불성설이겠으나, 불현듯 마주친 길고양이 한 마리를 앞에 두고 견성見性하는 시인의 모습에서 오래된 암자 외벽을 따라 도는 곽암(송대宋代의 승려. 화엄경에서 말하는 미륵불彌勒佛의 출세를 상징화한 심우도十牛圖를 그렸다.)이 중첩되는

것은 어쩔 수 없다. 그런 시인이 또 한 마리의 길고양이
를 통해 형상 밖의 형상, 형상 속의 형상에서 벗어나는
수행적 자세를 포착한 한 편의 시조를 만나 보기로 하
자.

　　그림자 속
　　제 모습은
　　고양이가
　　아니었다.

　　한 걸음 또 한 걸음
　　작은 원願을
　　맴돕니다

　　부러진 발톱 자리에
　　피어나는
　　오온五蘊의 꽃

－「일귀一歸」 전문

　위의 시조에는 오온五蘊이란 "불교에서 사람의 몸과 마
음을 형성하는 다섯 가지 요소를 이르는 말. 즉 색온色
蘊·수온受蘊·상온想蘊·행온行蘊·식온識蘊" 이라는 해설
이 달려있다. 해설에 의거해 보면 오온을 갖추면 사람(인
간)이라는데, 위 시조에서 읽을 수 있는 것은 고양이(축
생)와 사람은 서로 다름이 아닌 한몸이라는 것이다. 그리

고 축생의 몸을 벗고 인간으로 태어난다는 것은 발톱을 버릴 때임을 일러 준다. 발톱이란 자신을 지키는 무기임과 동시에 남을 해하기 위한 흉기이기도 하다. 발톱을 부러트린다는 건 어쩌면 목숨을 내어 놓는 행위이다. 다름의 분별에서 벗어난다는 것은 형상에 분별을 두지 않는 것이며, 또한 나我조차도 버리는 것이라 말하고 있다. 그때서야 비로소 일귀一歸한다는 말이니 얼마나 지극한 원源이며, 지극한 수행인가? 이번 시조집에서 시인이 만난 길고양이들은 "창문 밖 달빛을 밟는/ 길고양이 원만행圓滿行"(『열대야熱帶夜』)에서 처럼 희로애락에 끌리지 않는 각성자이거나 "새들도 이미 날아가고/ 나무들도 게偈를 멈춘 밤"(『아름다운 전이轉移』)에서 보이듯이 '돈오頓悟'를 맞기 위해 아득한 답보踏步를 하는 자이다. 모두 일귀一歸의 원을 세우고 두타頭陀중에 있음을 알 수 있다. 이원식의 작법作法은 기초를 거기에 두고 있다 하겠다.

2.

　문학 작품을 관觀함에 있어 필자의 경우 자연적으로 작품과 그 작품을 쓴 작가를 동일시하게 된다. 때로 작품이 주는 미학적 가치나 사회적 효용성과 그 작품의 저자가 행하는 행동(사상 또는 인격으로 표현할 수 있는)이 상반되는 경우를 목격하기도 하지만 대부분 작품으로 작가를 읽는다. 이원식의 『비둘기 모네』에서도 필자는 시인을 읽어야겠다.

건널목을 오가며
무지개를 쪼는 아침

잘린 발 절뚝이며
이어가는
생生의 퍼즐

당신께 선사합니다
눈물 사룬
외발 꽃무늬

─「비둘기 모네」 전문

　이번 시조집의 표제이기도 한 위의 시조는 전체 5부로 구성된 시조집의 2부의 첫머리에 실려 있다. 2부에 수록된 작품들은 이 시조를 필두로 총 16편 중 마지막 수록작인 단 한 편만 제외하고 모든 작품에서 '비둘기'란 단어가 등장하는데, 그 편편들이 보여주는 것은 상사相思이며, 낙루落淚이며, 그리고 정진精進이며 피안彼岸이다. 면밀히 직조된 것이겠지만 '비둘기'와 '모네'는 이번 시조집의 키워드인 셈이다. 시인이 그리고 있는 세계를 엿보기 위해 먼저 단편적이나마 '비둘기'와 '모네'를 알아야 하지 않을까 싶다.

　시인이 거주하는 도시에서 목격되는 비둘기는 하늘을

빼앗긴, 지상에 추락한 존재이다. 절뚝이거나, 굶주리거나, 날지 못하거나 하는, 존재로 전락해 버렸다. 인간과의 공존에서 약자의 위치에 처해 있다. 반면 모네는 사물에 아름다움을 덧입힐 수 있는 능력자이다. 그가 그려낸 지상의 사물들은 빛에서 가려낸 선택된 색채들로 인해 더 신선하고 더 아름답게 탈바꿈될 수 있었다.

「비둘기 모네」를 다시 보자. 도심에서 흔히 볼 수 있는 풍경이다. 비둘기들이 얼마나 인간들과의 생활양식이 체화되어 있는지, 똑똑한 놈들은 이제 신호등도 읽어 낸다고 한다. 그러나 그들의 생존은 여전히 불안하고 곤궁하다. 건널목을 건너 닿아야 할 목적지가 있는 것이 아니라, 먹이를 취득할 곳이 있는 것이 아니라, 그저 이쪽과 저쪽을 '오가며'("건널목을 오가며") 아름답고 찬란하지만 실체가 없는 '무지개'만 쪼고 있다.("무지개를 쪼고 있다") 더구나 한 쪽 발까지 잃어버린 불구의 몸이니 그가 이어가야 하는 생은 얼마나 진절머리나게 궁핍하겠는가?("잘린 발 절뚝이며/ 이어가는/ 생生의 퍼즐") 그러나 종장에 오면 그 세계를 확 엎어 버린다. 시인은 불구의 비둘기 한 마리가 인간의 영역인 도심의 한복판에서 외발로 곡예를 하듯 건너는 행위를 통해 회광반조廻光返照를 한 것이다. 순간 그 비둘기가 화신불化身佛임을 인지하게 된다. 그리고 마침내 눈물빛깔의 생을 모네의 화법으로 채색하여 '꽃무늬'를 만들어 '당신'들께 선사한다. 시인의 노력은 이러하다. 형상에 머물지 말며, 형상을 만드는 빛에서 가장 아름다운 색채를 찾아내는 것, 그것이 두타행이라는 것, 그의 이러한 수행적 글쓰기는 다음 시조에서도 확인할 수 있다.

난분분 흰 꽃잎을
제 몸 가득 뿌려두고

일주문一柱門 밖 긴긴 손짓
비둘기의 영혼들

엄동嚴冬 속
간곡한 진혼鎭魂

백아절현伯牙絕絃
찹쌀 떠—억!

—「언제나 동행同行」 전문

칼바람이 부는 한겨울 밤늦도록 먹고 사는 일에서 벗어나지 못하고 이 골목 저 골목을 누비며, '찹쌀떡'을 팔러 다니는 이가 있다면 비록 부처의 마음을 가지지 않았다 해도 애잔하고, 안타까운 마음은 솟구칠 것이다. 겨울밤 시인이 들은 '찹쌀 떠—억' 소리는 연민 이전에 스스로에게 체감되어 오는 고통이었으리라. 고통을 벗어나게 해주는, 중생의 고통을 가여워하는 부처는 무엇을 하고 있나. 여기서 시인의 의식은 다시 부처를 찾아 나서

게 된다. 앞서 살펴보았듯이 이원식에 있어 비둘기는 화현불化現佛이다. 중생이 밤늦도록 고해의 바다에서 허덕이고 있는데, 부처는 그 사실을 알고나 있나. 안다면 그 부처는 지금 무슨 방편을 쓰고 있는가? 이미 하화중생의 삶을 사는 시인은 부처를 찾아 절집으로 향하는데 시인이 절집에 닿기 전 목도한 풍경은 비둘기(부처)도 제 거처인 절집 안으로 들지 못하고 일주문 밖에서 여전히 손짓하고 있음을 확인한다. "백아절현伯牙絕絃"! 이 순간은 비둘기도, 시인도 찹쌀떡 장수를 생각하는 마음은 "간곡한 진혼鎭魂"이 아닐 수 없다. 여기에는 비둘기·시인·찹쌀떡 장수는 일여一如의 상태인 것이다.

이렇듯 이원식의 시선은 사물(사건)의 보이는 영역 너머, 즉 불교적 사유체계 속에 있는 나와 대상이 둘이 아니라는 물아일여物我一如의 세계로 향하고 있는 것에 특징이 있다고 할 수 있다. 그러한 시선을 따라 가 보면, 천변 가장자리에서 생을 위해 한 모금 또 한 모금 반복적인 고개 젖기를 하는 "물오리와 까치와/ 입술 푸른 비둘기// 하늘가 꽃샘 한 모금"(「하반河畔의 트릴」), 건널목을 건너지 못하는 굶주린 비둘기에게 뻥튀기로 먹고 사는 아저씨가 자신의 먹이를 나눠 주는 "사거리 건널목엔/ 비둘기만 기웃기웃// 뻥아저씨 벌떡 일어나/ 훠어이 튀밥 한 주먹"(「피안彼岸」), 진정하지 않고 장난스러운 삶들이 외면한 곳에서 보이는 "구구구/ 주린 눈빛/ 모이 쪼는/ 비눌기// 구걸한/ 김밥 몇 조각/ 떼어주고/ 가는 걸인"

「조촐한 협객俠客」), 끌려가지 않으려고 버둥거리는 하루살이를 먹이로 끌고 가는 개미의 모습을 보고 자신을 발견하는 "지명知命의 벤치에 앉아/ 두 마리의 나를 본다"(「한 뼘 속의 생生」) 등에서 잘 나타나 있다. 하지만 그의 구도적 삶에도 일탈은 있어 상사相思의 마음을 드러내기도 하는데, 유독 관심을 일으켜서 다 인용해보았다.

바람만이 꽃나무를
흔드는 것이 아니다

곱게 핀 목련에게
사랑한다 고백해보라

말하는 나도 목련도
흔들리지 않는가
                    ―「비둘기가 잠든 밤―K를 생각하며」 전문

내게로 다가오다
유리창에 부딪는 눈雪

사랑하는 사람이
슬퍼하는가 보다

창문을, 창문을 연다
수만 송이

환한 미소
　　　－「하얀 텔레파시-K를 생각하며」 전문

　인용한 두 편 모두 부제가 'K를 생각하며' 이다. 여기
서 'K'는 연모의 상대일 가능성이 높다. 그런데 첫 번째
인용한 시조의 제목이 「비둘기가 잠든 밤」이다. 이렇게
자기 검열에 혹독한 이가 있나. 그런 사람에게 찾아온
연모의 상대는 대체 어떤 이여서 사랑하는 감정을 감추
지 못하나. 슬며시 웃음이 배어난다. 이원식은 글쓰기에
서 수행적 대상과의 일여－如를 지향하고 있다고 볼 수
있다. 그것은 시인 자신의 삶 또한 수행적임을 말하는
것이다. 연인에 대한 사랑하는 감정도 가지지 말아야 한
다는 철저한 구도의 길에서, 그럼에도 솟구치는 감정을
어쩔 수 없었는지 '비둘기가 잠든 밤'에 고백하고 있다.
그것은 상대에게 직접 고백하는 것이 아니라 시인 자신
의 마음을 고백하는 형식이다. 앞서 살펴본 대로 이원식
에 있어 비둘기는 화신불이다. 구도의 길에서 순결의 표
상인 목련(연인) 앞에서 흔들리는 마음을 도반인 비둘기
가 슬쩍, 눈 감아 주기를 기원했다고 말하면 오독일까?
그러나 다음 편을 보면 애욕愛慾의 감정 따위는 그 경계
를 이미 넘었음을 알 수 있다. 이쪽과 저쪽을 가로막고
있던 '유리창(경계)'에 부딪힘으로써 자신의 존재를 알리
고 시인의 마음을 끌어내는 눈雪은 창문(마음의 문)을 닫
고 있는 시인에게 텔레파시를 보내는 사랑하는 연인의

눈물이며, 연민으로 가득 찬 부처의 눈물이다. 그 눈물을 확인하는 순간 시인은 닫혔던 창문을 활짝 열어젖히는데, 그것은 다가오는 것들을 막았던 문, 이쪽과 저쪽을 가로막았던 문, 모든 관계들 간의 경계를 무너트리는 행위이다. 이쯤에 오면 이원식은 대상의 세계와 자아의 세계가 상통이며, 다르지 않다는 것, 다시 말해 그의 시 세계에 비로소 분별심分別心의 경계도 넘어선 물아일여物我一如의 상태에 도달한 것이라 볼 수 있다. 상사相思도 수행의 도구로 환치시키는 시인의 글쓰기는 사물을 통한 전법傳法 행위로 나아간다.

3.

문학의 본령을 현 사회의 파수꾼으로서 정의로운 사회 구현에 두기도 하고, 인간의 감성적 사고를 다양하게 채색하여, 아름다운 관계를 형성하는 기재基材로 보기도 하지만, 한 개인의 문학작품은 그 개인의 사고와 심미의 집합으로서 그 개인을 들여다볼 수 있는 통로이다. 작가들은 그 통로에 프리즘을 설치하여 굴절된 빛의 형상으로 아름답거나, 현란하거나, 오묘한 또 다른 세계를 보여준다.

이원식의 작품에서 보이는 빛의 굴절이 빚어내는 세계는 지극히 불가적佛家的이다. 시인은 자신의 시선에 포착되는 모든 사물관계를 불가佛家에로의 귀거래사歸去來辭로 귀착시키고 있다.

소나무 숲 사이로
달빛 한 줌 내리고 있다

낯선 품
낯선 암향暗香
밤 비둘기 울음소리

눈 밝고
귀 밝은 들꽃
두 손 곱게
모으고 있다.

―「초승달 지관止觀」 전문

장삼長衫빛 기와마다
한 줌 생生의 이름들

하얗게 쓴 심원心願들이
업業 하나씩 이고 집니다

새들도 빌고 갔는지
놓인 깃털
따뜻합니다

―「기와 불사」 전문

어두운 밤, 낯선 숲에 든 비둘기의 울음소리는 애잔하기 그지없다. 하지만 시인은 이 애잔함조차도 불법에 귀의하는 순간의 풍경으로 그려낸다. 낯선 숲은 '품'으로 처량한 울음소리는 그윽한 '경 읊는 소리暗香'로 환치시킴으로써 실낱같은 빛(초승달)이 청정 '수행처止觀'임을 에둘러 말한다. 어찌 무명에 뿌리내리고 있던 잡초라도 눈 뜨이고 귀 열려 귀의歸依하지 않겠는가. "눈 밝고/ 귀 밝은 들꽃/ 두 손 곱게/ 모우고 있다" 이 구절에 오면 나도 모르게 절로 두 손 모아진다. 이원식이 전하는 전법傳法의 묘미이다.

불교가 지속하기 위해서는 보시공덕이 필요한 경우가 많다. 보시는 법을 전하는 데 필요한 요소 중 하나이기도 하다. 요즈음의 한국 사찰에서는 불필요한 불사로 인한 보시를 강제하는 경우도 더러 있어 '염불보다는 잿밥'이라는 말을 실감케 하는 상황이 비일비재 목격되기도 하지만, 위의 시조「기와 불사」에서 읽을 수 있는 것처럼 불자들은 그것이 비록 '잿밥'일지라도 그 심원心願은 간절하고 청정하다. 장삼長衫빛 기와에 제 이름을 적는 순간만큼은 불국토에 서게 될 자신의 사우寺宇에 지붕을 이우는 것이다. 여기에 어찌 물질만이 허용되겠는가. "산새도 빌고 갔는지/ 놓인 깃털/ 따뜻합니다"에서 시인이 전하는 것은 분명하다. 보시는 물질의 강제가 아니라 마음의 '흔적'이다. 라는 것, 그런 시각에서 시인이 전하는 또 한 편의 시조를 보자.

118

늙은 행상인 손엔
팔지 못한 때 수건 몇 개

싸늘한 눈길 뒤로
비단 등燈을 다는 사람들

인등引燈 밖 그늘 깊은 곳
화신불化身佛의
뒷모습

—「연등회 만다라」 전문

연등회란 본래의 뜻은 등을 부처에게 공양함으로써 밝은 지혜의 세계로 나아가기를 기원하는 불교의례이지만, 대부분 사람들은 석가모니 탄신일에 등불을 켜고 복을 기원하는 것으로 인식하고 있다. 중생심에서는 인등引燈을 다는 것은 부처님에게 등 값 대신 복을 달라는 일종의 거래인 셈이고, 사찰의 입장에서는 공인된 수입(보시금)이다. 매년 석가탄신일 즈음해서 서울의 견지동에 자리한 조계사 일대에서 연등행렬을 거행한다. 다른 도시에서도 그 지역의 사암연합회 주재로 도심연등행렬을 거행하고 있다. 위 시조에서 시인이 본 풍경은 그때의 장면인 듯싶다.

위 작품은 빈자일등貧者一燈의 의미를 되새겨 주는, 너

무나 빤히 드러나 보이는 내용이다. 그런데 작품의 제목이 '연등회 만다라'이다. 만다라는 산스크리스트어 'mandala'의 음역어로 '본질(manda)을 소유(la) 한 것'이라는 의미를 가진다. 불교에서는 불법의 모든 덕을 두루 갖춘 경지를 이르는 말이다. 여기에서 시인의 내공을 엿볼 수 있다. 등을 밝힌다는 것은 깨달음으로 나아가기 위한 마음(무명)을 비추는 것이며, 그 마음은 거울처럼 깨끗이 닦지 않으면 나我를 비출 수가 없다. 그런데 마음을 닦을 '때 수건'을 먼저 준비 할("팔지 못한 때 수건 몇 개") 생각은 하지 않고, 등부터 매달고 있느냐! 눈앞에 부처를 놓치고, 비단 행렬의 꽁무니를 따라가고 있느냐!, 고 일갈하는 시인의 화법에서 보시는 액수가 많은 돈(비단 등)이 아니라 본질을 소유할 수 있는 마음 '자리'임을 깨닫게 된다.

이처럼 이원식이 설치한 프리즘을 통해 보는 세계는 불법도량이며, 철저한 구도의 현장이며, 하화중생의 구현장이다. 그 편편들을 들여다보자.

붉은 노을 입에 물고
역류逆流하는
물고기들

바람의 손길 따라
길을 트는

늙은 왜가리

못 본 척
물 위에 비친
흰 구름만 쪼며 가네

                          ―「미온微溫의 발자국」 전문

백팔 배 하다가 문득
떨어지는 업業 방울들

방석 위 홀씨 되어
꽃 꽃 꽃 피어난다

한순간에 무애无涯한 꽃밭
나는 잠시
빈 화분

                          ―「견화見花」 전문

놀이터 아이들에게
쌈지 사탕 쥐여 주고

아이들 얼굴보다
너 환해지는 할머니

무심히 펼쳐본 내 손
날아가는

피안彼岸의 새

목숨을 부지해야 하는 살이에 있어 사람이나 미물이나 전력투구하지 않으면 도태되는 것이 세상의 이치이다. 「미온微溫의 발자국」에서는 제목이 주는 '적극성을 상실한 미지근한 자취'가 아니라 두 존재가 전력투구하는 구도求道를 감상할 수 있다. 시 구절을 해석해 보면 살아가는 흐름에 있어 '역류'한다는 것은 본래 자리로 회귀이며, 나아감의 방향을 바꾸는 일이다. 물고기는 본래의 자리로 돌아가기 위해 장애(왜가리)를 두려워하지 않고 물살을 거스르고 있으며, 왜가리는 목숨 부지에 꼭 필요한 먹이를 못 본 척하며 피해 버린다. 여기서 물고기는 전력투구의 자세이며, 왜가리는 미온微溫적 자세이다. 하지만 왜가리의 "물에 비친/ 흰 구름만 쪼"는 행위는 욕망을 버리는 처절한 수도의 행각임을 놓쳐버리면 안 된다. 그럼에도 시인은 그 처절한 전력투구마저도 '미온적'이라 말한다. 이원식의 시조 읽기 묘미는 이러한 장치에 있다. 「견화見花」에서 보이는 시인의 구도적 자세는 실질적인 삶에서도 체득하는 바, 언어와 문자로만 야단법석野壇法席인 불법을 경계하고 '물리적인 정진'이 병행될 때, 꽃을 피울 수 있고, 견성하게 된다는 도리를 일깨운다. 또한 타자의 보살행을 통해 나도 모르게 움켜쥐고 있던 내 안의 세계를 놓아 버림으로써, 피안은 움켜쥐는 것이 아니라 자신은 놓아버렸을 때, 비로소 가 닿는다는 도리를 깨닫게 한다. 이처럼 이원식의 작품 세계를 쫓아가는 것은 퍼즐 맞추기 같은 재미를 얻는다. 농담濃淡으로 경계를 지은 조각들을 모아 하나의 그림을 완성하는 그의 숨은 그림을 한 조각의 퍼즐로 찾아가 보자.

이 가을 하늘빛은
백목白木위의 쪽빛 눈물

바람 이운 하늘 밖은
어느 계절의 채화彩畫일까

한없는
우화羽化를 꾸는
지난한 생生의
귀거래사歸去來辭
—「잠자리가 본 농담濃淡」 전문

인간이 눈으로 식별할 수 있는 빛깔은 몇 개나 될까, 또 눈으로 식별하지 못하는 빛깔은 몇 개나 될까. 모든 형상은 빛깔의 농담濃淡에 따라 형성되는데, 그 농담의 기저에 있는 원판을 보고 있는가? 보이기는 하는가? 이원식의 이번 작품들은 끊임없이 나를 회광반조하게 만든다. 우선 인용한 「잠자리가 본 농담濃淡」시의 배경은 가

123

을이다. 보편적 상식으로 가을을 색채로 말한다면 삼라만상이 '혼용'된 색감 정도 될 것이다. 그 색채는 각 사물들이 가진 고유의 색들이 봄과 여름을 거쳐 정제되고, 육화된 마지막 모습을 드러내는 시기이니만큼 서로의 어울림이 절정을 이루어 화려하며 또한 겸허할 것이다. 그런데 위의 시조에서 나타나는 색깔은 단 두 가지이다. 하물며 '잠자리가 본' 것임에도!, 생물도감에 보면, 잠자리는 약 3만 개의 낱눈을 가지고 있다고 한다. 다시 말하면 잠자리의 시선은 인드라망처럼 펼쳐져, 잠자리가 눈으로 볼 수 있는 것은 인간의 시선 그 너머라는 의미이다. 그런데도 위의 작품에서 잠자리가 본 풍경은 '흰(백목)' 것과 '푸른(쪽빛)' 단 두 가지이다. 백목과 쪽빛의 대비는 떠오르는 이미지만으로도 한없이 청정하다. 순결이 강제된 새하얀 천 위에 쪽물이 떨어진 순간을 생각해보라, 씨줄 날줄로 엮어진 올올을 타고 피륙의 가장자리를 향해 번지는 쪽빛!, 얼마나 청정하고 장엄한가? 그 청정과 장엄의 세계야말로 잠자리(우리)가 탈바꿈("한없는/ 우화羽化를 꾸는")해서 가 닿을("지난한 생生의/ 귀거래사歸去來辭") 마지막 거처일 것이다. 이원식의 작품 세계는 이렇듯 엄밀하고 계획된 언어의 직조이며, 그 짜임의 방법 속에 불가적 세계가 퍼즐 조각처럼 맞춰져 하나의 그림을 보여주고 있다.

4.

이원식의 이번 시조집을 불교적 관점으로 읽었다는 자체가 오독일 수 있다.

불교적 용어, 불교적 문장, 불교적 사유로 무장한 작품을 그 '불교적'에만 매달려 해석하려 했다는 것은 유감스럽게도 문학적 소양이 부족한 필자의 한계이다. 그렇다고 불교에 대한 몇 조각의 어설픈 지식만으로 해석하고 만 것 또한 필자의 한계이다.

글쓰기에 있어 일관되게 단수만을 고집하는 이원식의 작품을 읽어 내기란 쉽지 않다.

더군다나 시조문학에 대한 지식이 전혀 없는 나 같은 사람이 그의 정제된 작품들을 읽어 간다는 것은 자칫 작가의 의도와는 전혀 다른 방법으로 작품을 망쳐버리기에 십상이다.

시조의 격이나 율에 매이지 않고(사실은 전혀 아는 바가 없으므로), 무지의 상태에서 만난 이원식의 작품을 말한다면, 간결하지만 그 깊이는 너무 아득하다. 우선 글에 설명이 없고, 너스레가 없고, 치장도 없으니 직조된 언어가 만들어 낸 의경意境! 그것을 관觀함이 정법이다. 그런데 그 의경의 배후인 실경實境과 허경虛境을 그려내는 시인은 여전히 수행적 글쓰기頭陀行를 멈추지 않겠다는 의지를 가지고 있다. 그 의지를 한 번 확인해 보자.

한 바퀴 또 한 바퀴
내딛는 삶의 더께

서설(瑞雪)인지
서설(絮雪)인지
이내 한 줌 모래바람

달려야 달려야 한다
다시 피울
점오漸悟의 꽃

―「트랙을 돌다」 전문

　시인은 수행이란 '처음과 끝냄("서설瑞雪인지/ 서설絮雪인
지")'에 대한 의미조차 이미 '없음("이내 한 줌 모래바람")'
을 알고 있다. 그가 제시하는 "점오漸悟의 꽃"을 위해 나
아가는 그의 수행적 글쓰기의 비장함을 읽을 수 있다.

　이원식의 작품 읽기는 퍼즐 맞추기이다. 같은 모양,
같은 색채인 듯하여 맞추어 보면 전혀 그림이 나오지 않
는다. 가장 쉬운 모양을 가장 어려운 곳에 끼워 넣거나,
가장 밝은 색깔을 가장 어두운 곳에 끼워 넣는 오류를
범했다. 정갈한 시인의 작품들을 읽어 내는 동안 오래된
암자의 외벽을 따라 돌아 나온 느낌이다. 한 발 물러서
서 고개를 한껏 들어야 볼 수 있는 심우도尋牛圖! 그 열 장

의 벽화를 따라 돌면서 잠시 멈추어 서서 한 참을 바라
본 곳은 목우도牧牛圖 앞이 아니었나 싶다.

　이제, 시인의 기우귀가騎牛歸嫁를 기대하며, 농담濃淡만
으로 상사相思이며, 낙루落淚이며, 그리고 정진精進이며 피
안彼岸을 가꾸었던 '모네의 정원'에서 부처(비둘기)와 마침
내 진신불眞身佛을 그려나갈 시인(금어: 불상을 그리는 사람
이라는 시인의 해석이 달려있다.)이 다시 만나는 순간을 훔
쳐보는 것으로 부족한 글을 맺을까 한다.

　　새벽 4시 그리고 5분
　　엑셀소Excelso 커피 한 잔

　　수련睡蓮핀 찻잔 속에
　　둥지를 트는 비둘기

　　한 모금,
　　재회再會의 순간
　　동그마니

　　금어金魚
　　아我!

　　　　　　　　　　　　　　　　－「모네Monet의 정원」 전문